詩集

んなするてぃ かじぬいくとぅば

みんな揃って 風の言葉

心の風ふく丘 文芸委員会 編

BELIEVE

LIFE

LOVE

座談会　サマリヤ人病院精神科デイケア
文芸教室のあゆみ

ともに歩んで　時が流れた

155

んなするてぃ
かじぬいくとぅば

みんな揃って
風の言葉

BELIEVE LIFE LOVE

希望の光り

信男

私に光が射してきた
孤独の中で　もがいていた
病気に　とらわれていた
でも、希望は　いつでも　あるもの

希望に向かって　歩く
苦しくても
失敗しても

笑顔で前に進みたい
大きな光に　見守られて
私は歩いている

光の雨

直人

雨は星からつたってくる光の滴
傘をさしても　ささなくても
つつんでくれるよ　雨が

雨がみせる光の世界
そっと見つめる水たまりに映る母の横顔
虹が微笑んでくれている

母の微笑みが伝わってくる　私の心に
穏やかな気持ちになる
雨の滴の音
明日のための　とびかう光の雨

光に向かって

広子

私に今　できることは何だろう
今の私にしか　できない仕事

ありのままの自分を伝えたい
一人でも　多くの社会の人たちに　伝えたい
もう怯えない

一人ではできないけれど

同じ病をもつ　仲間とともに
亡くなった仲間のためにも
社会に伝えていきたい

心の中は　影がいっぱいの私たち
過去をのり越え　光に向かって　歩き続けたい

ある ある よく ある それ

正生

学校でいじめられて眠れなかった夜
暗闇の中で眠っていたら
勝手に夜が明け朝日が明るくした

テストで悪い点を取って眠れなかった夜
一人で寝てたら
夜が明け　朝になった

いたずらして　先生に怒られても
勝手に夜が明け　明るくなった

道を歩いてて　疲れて休んでいたら
通りがかりの人に助けられた

どうにもならない時
一休みしてたら　どうにかなる
一休み
一休み

風よ

正生

子どもの頃
自由な大人がうらやましかった
大人になったら
自由に遊ぶ子どもがうらやましい

病気になってしまった私たちは
風の吹くまま
気のむくまま

自分たちの風
自由に生きる人生
そんな私たちの
風よ　吹け
社会へ向けて
雲の隙間から
希望が光る
風が光る

新しい私

正江

新しい私に出会おう
この初夏の季節の中で
自分の生きる糧を見つけよう
今を生きている

このありがたさを人にも伝えたい
私の生きていく道がどうなるのか
私にもわからない

でも希望を捨てずに一途に突き進もう
私にしかできないこと
それを見つけて歩んでいく
喜び
悲しみ
怠り
憐れみ
どんな感情が待っているんだろうか
私自身が成長できることを願っていく
勇気を持って突き進んでいこう

私は光の中で生きていきたい

私は両親のひとすじの光

正江

ひとすじの光となって生まれてきたのに
私は光を失って闇に閉ざされた
閉ざされたままの心、闇の中

でも　私はみえた
あの空の雲の間から
天使の階段がみえる
新しい光がおりてきた

私にはみえる
その光がみちびくところで
幸せは待っている

希望という名の幸せ

正生

神はいないと言う人がいる
神を信じなければ
何を信じる？
人を信じる？
自分を信じる？
欠陥だらけの人間に何ができる
私はクリスチャンではないが
神を信じる

人間にはできない天国を
いつか神様が作ってくれると信じている
私の命の行方はわからないけど
一生懸命生きた人の生命には
希望があると信じている

洗礼

恵

イエス様
貴方の愛は永遠ですか
皆に踏みにじられても
貴方の愛はあるのですか
私は裏切りましたが
根深い欲を反省しています
イエス様を信じる身
恥を忍んで祈ります

どうか　私の苦しみを解き放って下さい
身も心も捧げます
貴方の愛を感じ
幸せになれますように

神様がいるから

知香子

子猫たちと別れてから半年以上経った
あの頃　５匹のナイトが私を守ってくれた
毎日　朝早くアラームが鳴って
ブチの子猫が私を起こしてくれた
５匹の猫たちの
カリカリカリとエサを食べる音を聞きながら
聖書を読み　お祈りをしていた
お祈りをしていた黒いイスに

白い子猫が座っていることがよくあった
子猫たちは私にたくさんの思い出を作って
いつの間にか　いなくなった
子猫たちに囲まれていた部屋で
今は独り聖書を読み　お祈りをする
寂しくないけど
子猫たちがいないから寂しい
寂しいけど
神様がいるから寂しくない

シスター

知香子

授産施設にいる私のために
足を運んでくださったシスター
よく小首をかしげて　私を見て
ご機嫌伺いをしてくれたものだった
後ろ姿が凛としていたのが
今でも目に浮かぶ
ルカの福音書を原稿用紙に写していきなさいと
勧めてくれた

言われるままに写書したけれど
今では本腰入れて聖書に向かい合う私がいる
最近よく思い出すのです
シスター
お元気ですか

私なりに

信男

心をみせない
みせたくない
みせきれない
でも伝えるためには
心の中を書くしかないのだろうか
生きることに不器用で
言葉数が足らず
人にうまく伝えられない私

もう　これ以上先に進めない

深夜目が覚めたら　ラジオが唯一のなごみ
朝は確実にくるけれども
私の心はどうなってしまったのか

一度は　光が射したと思っていたが……もう終わりなのだろうか

それとも
本当の光が　これから射してくるのだろうか
信じたい
信じたい

信じて
本当の光を求めなければならない
そうして
不器用にしか生きられない
この私

だから祈りなさい

正生

夢の中で天使と話した
君が努力して善良な人間になったとしても
全ての人間が善良とは限らない
善良な人間でも　いつも善良とは限らない
人の力で人を変えることはできない
だから神に祈りなさい
そしてそれを自分がやったと思わないように

思いやり

広子

思いやりとはなんだろう？
相手が悲しんでいるとき
それを知りながらも
何も言わずに
ただ　優しく　何気なく
自分を気遣うやさしさ

同じ思いやりでも

重いヤリになってはいけないと思う

もし　君の心に雨が降ったなら
私は　その後の虹になろう
虹は　七色の心を持つ
人によって　心の模様は　色がいろいろ違うと思う
まるで天気のように！

そして　私はまた
虹の後の太陽に
君の心に優しさを照らし続けよう

思いの形

ゆう子

海へ来た
貝殻をみつけた
幸せをみつけた気分になる
打ち寄せる波が
エメラルドグリーンから
コルドンブルーに変わっていく
私は波打ち際をゆっくり歩いた
風は優しい

海の香りが私を誘う
打ち寄せては　ひいていく波
私の心まで優しく穏やかな形になっていく

病まなければ

作者不明

病まなければ
バカにしていた精神病
病まなければ
知りえなかった弱者の心
競争の中では失ってしまう
人間らしいやさしさ

普通の人ではわかりえなかった
本当の人間の心

病まなければ
出会えなかったやさしさ

僕は今　病があっても
人間なんだと思う

感謝

直人

今この文章を書ける気持ち
守られている感覚
心の安定した状態
落ち着く……とても穏やかで……
わかるかな
不安を与えない配慮
安心して過ごせる空間
静かで穏やかでゆっくりとした時間の流れ

俺たちみたいでも
人間らしく扱ってくれるスタッフ
気苦労が絶えないと思うけど感謝でいっぱい
人と心と風吹く丘
人の気持ち
人間の心でつなぐ風の丘
小さい光がいっぱい集まる光の丘

先生のお弁当

嗣周

小学4年の遠足で
お母さんが作った弁当を
目的地に着く前に落としてしまった
水たまりでびしょびしょに濡れて食べられない
だんだん悔しさと寂しさがこみあげ泣いていた
担任の先生が近づいてきて
自分のお弁当を僕に手渡して
「これを食べてネ。

先生は朝いっぱい食べてきたから
お腹は空いてないよ」と言ってくれた
女神さまにみえた
胸をなでおろした
家に帰って
きっと叱られると思ったけど正直に話した
叱られなかった
先生の子どもも思いの心が大切なんだよ
と教えてくれた
先生も僕の親も素晴らしい人だ
僕もそういうことを生かしていこうと思う

ちょっとした親切に感謝

美佐子

来年で八十六になります
娘と二人内科に行き
薬を貰った帰り道
歩いていると小雨が降ってきた
濡れながら歩いていると
若い男性が私に
どうぞさしてくださいと
白い傘を差し出してくれました

家が近かったのでお断りしました
今時親切な人がいるんだ
嬉しさとありがたさで心から喜んだ
私もその青年を見習って
少しでも社会のために尽くしていこうと決心した
ありがとうございました

体験

Y・マサ子

六月二十三日　慰霊の日
『鎮魂の日』を前に　戦後七十周年を想う……
私が初めて戦争を体験したのは
小学校三年のときだった

ある朝　避難先に向かう途中
突然目の前に大きな物体が現れ
低空飛行で迫ってきた

私は友軍機だと想い　両手を上げて
バンザイ・・バンザイ・・と叫んでいた
するといきなり
バリバリバリと銃撃の音が鳴り響く

私はとっさに地面に伏せて
空爆から身を守った

あれから七十年
いまだ戦争は終わらない
一日も早く世界の国々が戦争のない
平和の国でありますように祈ります

平和を願う

康夫

世界各地で戦争している
世界はどうみているか
もう心配で心配で
どう理解すればいいのか
今から核戦争を起こしたら世界は全滅するだろう
自分は80歳
あと何年生きるかわからないが
戦争だけは起こしてほしくない

若い時　沖縄は本土復帰
「沖縄を返せ」のうたがありました
自分は新聞社にいて辺戸岬へ行って行進した
今は脱腸　白内障
何にもできないけれど
今の世の中に対して
一日でも平和が長く続いてほしいと願っているのです

BELIEVE **LIFE** LOVE

生きる

上地

自分を　だましだまし
生きている
今日も生きている
明日も生き続ける

空を見る
輝いている
水が流れる

虫が鳴いている
さわやかだ
生き続けよう
生き続けよう

流れ

輝男

思うことがある
退院をしてきたら　自分の身の回りが
大きく変化している、と……
私の生活の中で使うもの
洗剤、石けん、うたう歌

自分がどこで立ち止まってしまったのか
取り残されてしまっている自分がわかる

世代に追いつくよう、溝をうめるよう
現在《いま》を知っている子どもと触れ合いたい
僕は世の中の流れに必死に乗ろうとしている

街

信男

とある日の　夕暮れ
私は街を歩いた
道いく人の足取りが
みんな早く見える
それぞれ人生の目的があって
急いで歩くのだろう
私は私の　ゆっくりとしたペースでしか歩けない
昼間から　夜の間にある　一瞬の時間　夕暮れ

街路樹や花が　ゆっくり光る
ゆっくりだから見えるもの
私は私の　速さで歩く

私は頑張らない

宗男

毎日迎えに来てもらい　送ってもらう
そんなデイケアに通う生活を頑張っている
とは　言いたくない

頑張れば　疲れるから
長続きしない
だから　静かに静かに　暮らしてゆく

正直サマリヤデイケアに来ていなければ
今頃　酒の飲みすぎで死んでたと思う

だからデイケアのみんなには心から感謝している

静かに静かに　暮らしていく
感謝を心に秘めながら

言葉

恵

言葉が生まれた
聞いたことない言葉
貴方
何見て　考えてなの？
言葉にしようと　みんな思う
何ができるかな　何ができるかな
人それぞれ違った内容
使ってみて面白い

いろんな世界がみえてきた
さあ　みなさん
幸せな扉を考えて
幸せな言葉を考えてみない？
また楽しくなるよ
文字にして書いてみましょうよ

勇気の風

勝則

風
何のあてもなく歩き続けるとき
風が吹き
ああ！
その風は自由という名の風なんだ

風に吹かれて歩き続けると
今後は勇気という名の風に出会うのだ

昔の私は過去の栄光
病気になったことで本音も建前もなく
言ったこと　やったことは
すべて私の生き方なのだ

胸を張り風に吹かれて歩く
勇気の風に吹かれながら
「生まれてきてよかった」と
小さな種をまいていく

舞台にあがる

勝則

朗読を通して
手話ダンスを通して
初めて会う人に伝えることができる
「ぼくらが作った小さな本」を持って
これからも舞台に立って僕らのことを見てもらおう
毎日毎日の練習はしんどいが
心の重荷を背負い続ける
私たちはこれからもいくつもの大きな舞台に立つだろう

私たちの生きた証として
見てもらう人に元気を与え続けていけると信じて

仕事

勝則

病気になった僕ら
示された意味を探しつづける
僕らのなすことは何だろう
一日一日平凡に暮らしてはいるが
「これでよかった」と思える仕事をしてみたい

仕事は出来栄えではない
はやくもできない

きれいでもない
でも「僕らにしかできない仕事」

これが
私達一人一人に与えられた
『人生最上の仕事』

手芸

M・A

とがった針先はちくちくと布をつなぎ
私の心をまるくする

手芸に時間を割くようになって
いろんな色が好きになった

大作は無理だけど私のペースで仕上げてゆく

ごくたまに買われてゆく
どんな方が目を止めてくださったのだろう
空いたスペースを埋めるため
今日もちくちくと針をすすめる

この丘を歩く

桂子

今日も私はこの丘を歩く
励みになる友を求めて
後ろを振り返れば
悲しい
虚しい
寂しい
今日も私は明日に望みを託して歩く
私の足は重くて乏しいけれど

負けないで歩く
雨の日　風の日も
望み奏でるまで歩いていく

デイケアにくる

正生

夏　晴れた朝
清々しい気持ちでデイケアにくる
秋　一人ぽっちじゃない
喜びをかみしめてデイケアにくる
冬　寒い心を温めるため
デイケアにくる

春　新しい朝をみた
デイケアにくる

毎年　この逆を行ったりきたり
あたりまえの　この生活
愛する妻と一緒に行く
デイケア

心の形

ゆう子

悲しい時
心に大雨が叩きつけた

淋しい時
心にすきま風が吹いた

苦しい時
心が痛い

つぶれるように痛い
喜びの時
心がふくらみ　弾んだ
心は色々な形に変わるようだ
それでいい
それでいいんだ

信じる

勝吉

なぜ人は人の不幸を笑うのだろう
人の不幸は蜜の味という
人は手と手を取り合い
生きていこうというものの
実際は人の不幸を笑うもの
何を信じていけばいいのか
わからなくなるときがある
そのたびに人との関わりから逃げたくなる

だけど一人では生きてはいけない
この現実
甘んじて受け入れようではないか
それが自分の成長の糧となることだろう
決して自分を見失うことなく　生きていこう
自分を信じよう
そして　人を信じよう

ある朝の出来事

知香子

9時に起床
ラジオのスイッチをオンにして
ヒーターを点ける
毛布のなかで　しばらくうずくまる
寝ぼけ眼で宙をみつめ
そろそろ起きなきゃいけない
自分に言い聞かせ
のそのそ起き出す

コーヒーを飲む時が一番ほっとする
ボーっとしながら
今日のスケジュールを確認
チーズをちょっとつまんだりして
日がカーテン越しに差して来たら
窓を開け　空を見る
空模様
毎日違う
あれやこれや　思い巡らせたあと
あたふたと支度して
部屋のドアを開けて　玄関を出る

再び生かされて

Y・マサ子

今ある　この生命
苦悩を乗り越えて
再び生かされた
自分では計り知れない
神仏から授かった
大切な生命なんだと
わたしは感じ取る

今ある　この生命
何のために使う
再び生かされた
自分では気づかずにいた
生命の重さ想い
大きな使命を感じ
わたしは歩み出す

今、花咲くように

Y・マサ子

人生の荒波
七転び八起きをくり返し
やっとたどりついた
八十路の峰
あぁ　なんと清々しい峰だろう

生きた証の頂に立ち
今　花開くように

人生の裾野をも飾る
老いて尚くじけず
与えられた生命をかみしめて
心豊かに
使命の道を果たさんや

生きるってすばらしい

Ｙ・マサ子

一度閉ざした生への道
再び生かされて
与えられた私の命
そしてサマリヤのデイケアにつながった
忙しい日々の出来事に
さまざまな交わり
多くの出逢いと巡りあわせ
三年の月日が去り

四月を迎えて
四年目の今
私の心は水を得た魚のように
ピチピチと動き回っている

八十路にして生まれ変わった
あぁ　生きるってすばらしい
臆することなく　全てに挑もう
勇気の花を添えて
晴れやかに
笑顔の人生を歩み行かん

雨の音

嗣周

我が家の窓から　外をながめたら
暗っぽい空もようで　雨が降っている
雨がアルミのトタンにあたって
パチパチと跳ねる音が聞こえてくる
時に音が止まったり……
さびしい気持ちになる
雨がはげしくなってきた
地面にたまっている水にあたって

ぽちゃぽちゃという音から
ざぶざぶざぶと力強い音に変わってきた
先ほどのさびしさがなくなり
力が湧いてきた
自分の前に何が起こってくるのかわからないが
生きていかなければならない

雨音

直人

雨の音はたくさんある
私の心の雨の音
みんなの心の雨の音
心の数だけ雨の音がある
今日は西で降り明日は東で降る
いつもどこかで降っている
心の声をかき消すように降っている
私の心をきれいにするなら

それなりに降ってほしい
傷が癒えるまで
みんなの心の傷を
きれいにするために降っているなら
きっとこの星がある限り
人が居続けるかぎり降るだろう
雨のない星は人が住めないから
人が人らしくあるための
神様の心の音が雨なのだろう
私たちはそれを見て聞いているだけ
ただそれだけ
それだけでいい

新年

直人

まず自分自身を愛さなければならない
自分を愛さずに
何故他人を愛することができるのか
少しずつではあるけれども
身内との関係も良くなりつつある
自分でできることは努力をする
結果は　後からついてくる
出来ることから始める第一歩
私の鏡開き

桃の節句

広子

桃の節句は母の季節
思い出す亡き母の笑顔
二人きりの暮らしが終わった十九歳の冬
母を見送り　夢中で生きてきた
二十六歳で病気になった
耳元で　大きく聞こえる幻聴
薬を飲まずに、何度も入退院を繰り返す、日々
苦しかった思い出

あの日から
時間が止まったような　気がしていた
縁は目に見えないもの
沢山の人々との
数え切れない出逢いの中で
閉ざしていた心が
いつのまにか解き放たれている
目には見えない　何かが私を動かしていく
桃の節句は母と　私の季節

身も心も軽くなって

仲里

私は身も心も軽くなって
自由にどこへでも飛んでいきたい
そして自由で伸びやかな声で歌を歌いたい
全ての人に軽くなった私の声を聞かせたい
全ての人の心に平和が訪れますように

BELIEVE LIFE LOVE

デイケア

正江

毎日のことだけど同じ顔を目にする
そんな時楽しい気分になる

皆の笑顔
見ているだけでほっとする
私をとっても楽しい気持ちにさせてくれる

アメやジュースをそっとくれたり

声をかけてくれたり……

何でもないことだけど
やっぱり私にとって大切な人達

皆いろんなことを経験してきている
私にないものを持っている
たとえば思いやりの心

人にやさしく接してあげられる
私もそんな人になりたい

まずは自分が成長していかなければいけない

むずかしい課題だ
そんなことを考えるこの頃
私もやっと
人を受け入れられるような人間になってきたのかな

仲間

広子

ちょっとした誤解から
友と気まずくなっている
気まずさをなくすために電話をしたら
さらに気まずくなった

いろいろと便宜をはかってくれてきた友
親しくなるにつれ
私のわがままが増えてきた

怒らせてしまった
どうしたらよいのかわからない

そんな落ち着かない私の話を
何度も聞いてくれた仲間たち
そして一人の友と本音で語り合い
自身で気がついた

親しき仲にも礼儀あり
目上の人との付き合い方
謙虚な気持ちを忘れずに
どこかで置き忘れていたのだ

まだまだ未熟な面がいっぱいな私
気まずくなった友
話を聞いてくれた友たち
みんな大切な仲間たち

友だちがいれば

勝則

友だちがいると　耐えられる
悲しみ半分　苦しみ半分
楽しさ２倍　喜び２倍
元気な心になれるのは
友だちの力による

友だちがいても
難しいことや難儀なことは

半分にはならない
戦う心で
一人でこなせることもある
でも
頼りになる友だちがいれば
心くじけることなく
確信をもって　強く戦える

恋

正生

世の中は　男と女
女は　きらびやかな　きれいな花
きれいな花々に　恋花が咲く
でも
きれいな花が　だんだんと　色あせてゆく中で
不思議と　地味で色の薄い君が残った
いつまで見てても　飽きない
地味な色の花なのに　落ち着く

なぜだろう
いないと淋しい
僕の胸にも　恋の花

恋は桃色

n・信子

恋は桃色……というけれど
私の恋は赤色だと思う
「赤い糸で結ばれる」「赤い絆」という言葉
よく聞いたから……
桃色はちょっと薄い恋
遠慮しながらの恋

赤い色は濃ゆく

「私があなたにとって一番よ」と燃える色
誰にも負けない色
そんな気持ちをぶつけたら
相手はどう思うのかな？
そんな気持ちを恋する相手にぶつけたら
たぶん「怖い女」と思われそう
桃色で……遠慮しながらの恋がいいのかな？

私にとって恋って何？
気持ちをぶつけること？
ぶつけることって恋じゃない
思いやりのある恋
それが本当の恋なのかな？

心に雨が降ったなら

Y・恭子

雨が降ったら、私はあなたにどうしたらいいのかな
優しく傘をさしてあげられるかな
それとも傘がなくても
一緒に濡れることができるかな
雨は心の苦しさやつらさを流してくれるよ
だから一緒に濡れて晴らそうよ
だから雨は何でも流してくれるよ
だからだから

くよくよしないで雨に濡れようよ
もし地場に雨が降らなくなったら
地球はからからに乾燥して
人の心もかさかさになるよ
どうせ愛しあうなら
雨が降るのもたのしい事だよ
雨、雨、雨
素敵だよね
愛し合うことって大切だよね
雨、雨、雨
一緒に濡れて行こうよ
でも　どしゃ振りの雨は悲しくもなるなあ—
でも　地球のために

人類のためになるならやっぱり雨はいいな──
一緒に濡れていこうよ
愛しながら愛し合いながらね
雨のなかで初恋でもしようよ

あなたへ

さゆき

いつも元気な笑顔をありがとう
あなたの笑い声　おもしろい会話は
私の心に火を灯してくれ
穏やかな一日の始まりとなる

あなたは
「人の中でもみくちゃにされて生きてきた」
と言っていた

でも　それは
次々に起こることを見通す
あなたの力となっていると思うよ
そして　それは
私を　人を　助けている

あなたの中に心の恨みや辛さが訪れたとき
心配する友人がたくさんいることを
忘れないでほしい
だから
もっともっと自信をもてばいい

それでもいつも元気なあなた
声をかけたり　笑顔をありがとう
私はずっと感謝をしていられるのです

寮の中で

安慶田

同じ病気をもった仲間たちがいる寮
いつも話がかみあわない
なぜうまく和ができないのだろう

相手が何のことをいっているのか
わからない
僕も　相手も
病気だから判断ができなくて

頭が痛いことがある

同じ思いをしているはずだが
その分タバコを吸ってなぐさめ合っている

皆が楽しいのは
食事を一緒にとる時と
タバコの時間のゆんたく
淋しい思いがかくれていく

月日の水

英明

道楽人生を止めたくて
別居する妻と暮らしたくて
デイケアに通う
酒・タバコもやめた
金はたまるはずなのに
皮肉なことに生活保護になった
仕方がなかった
三十年あまりの道楽人生で

身体はボロボロ
年金だけでは生きていけない
バツイチにもなってしまった
月日は水が流れるように
十年目のデイケア
久しぶりに恋の水
六十歳の恋の水
大切にしたい
十年間の水

苦しみの後には喜びが

よしえ

小さい時から　家が貧しかった私
晴れて結婚もしたのに
結局は子どもを一人で育てることになりました。

一歳半と七ヶ月
女の子に男の子　二人を連れて
この先どうやって　生きて行けばいいのか
どうしていいのか　戸惑い　苦しみました

でも　頑張ればなんとかなる
昼の仕事に　夜の仕事
二時間しか眠れない日々
頑張れば　育てられる
毎日毎日　自分に言い聞かせ　生きてきました

あれから二十年余り
塾に行かせ　高校に入った子どもたちも
立派な大人になりました

今　私は六十二歳
色々な事が起きた人生を歩んできました

不安や辛さがなくなったわけではないのです
後悔はありません
苦しみの後には　喜びがあることが　信じられるのです

戻りたい

郁夫

奥さんと仲直りしたい
なぐったことは確かに悪かった
奥さんが「バカヤロー」と口が悪かったから
つい顔をなぐった
奥さんは警察を呼んで　刑事もやってきて
家は修羅場
だけど……付き合って一緒になったから
もう一度戻りたい

仲が良かったころは旅行もしていた
タイや台湾に行ったり
若かりし一番充実していたころ
一軒家だった家に家族３人
ダンスが好きな娘はダンス部にいる
僕の方に話がないから
淋しくてたまらない
卒業したらどうするのかとか
いっぱい話したいけれど　できないでいる現実
淋しいよ
子育てをしなかったから
全部母ちゃんまかせ
それがこんなことになっているのかな？

なんで　あの時できなかったのかなぁ
淋しいよ
話しかけたり
「ごめんね」と言ったけれど
元に戻らない
それでも「ありがとう」と言い続けよう

応援歌

正生

今　苦労ばかりしてると思っている僕よ
十年前　君はどうだった？
当事者会会長として人の前にたち
壇上から激励をおくっていた
多くの出会いに支えられた日々
その僕が同じ病気を持つ妻を愛し
子どもも生まれた
子の成長を愛し　妻を愛し　妻に愛されたこの十年間……

今　それを見失っている僕……再発を繰り返す妻に　子は受験生
苦労が絶えないと思っている僕
十年後の僕よ
今はきっと違う僕になっているだろう
苦労が実り　笑顔の妻に成長した子の家庭
愛する人々が増えて
愛される人々に守られている僕
それはきっと永遠に続いていく道

銀婚式

正生

思い出す　昨年の冬
２人で話をしていた
来年は結婚二十五周年
銀婚式
ホテルでディナーに行こう
ネットでよさそうなレストランを　私は探した
なのに　君は再発し　入院してしまった
１人　部屋でカレンダーを見ながら

君の帰りを待った
月日は流れ　年が明け
二月二十二日　銀婚式
僕はつぶれそうな気持ちで花屋へ入った
せめてバラの花束を贈ろう
その足で病院に向かい
ベッドで寝ている君へ花束を贈る
苦しいのに笑顔みせ
嬉しいと微笑む君
もう満足
今日はぐっすり寝よう

涙のあと

広子

母が亡くなってから
自分を苦しめ続けた思い
いつも心の奥底にある
「病気を早く見つけることができたら」
「悪化しない前にわかってあげたら……」

ある日母の夢をみた
よく連れて行ってくれた海辺で

昼寝をする幼い私
そんな私を力いっぱい抱きしめ
「私のことは大丈夫だから、早く幸せになってね」と
気がつくと母は見えなくなっていた

涙でいっぱいになる私
もう許そう　私を
過ぎたことで自分を苦しめるのはもうよそう
許そう　私を
あの頃は、ああすることしかできなかったのだから

やっと　やっと解き放された
私の頬に涙のあとが残る朝

洗い物

勝則

時が経つにつれて　なくなっていく
茶碗は割れてなくなり
鍋は穴があいて使えなくなり

母はいつも洗い物をしていた
母は料理を作りながら食べた
野菜が落ちたら捨てていた
肉が落ちたらすぐ食べた

ポークを落としたら洗って食べた

料理をする僕もそのようにしている
母と同じにしている自分を見る
いつまでも同じようだ

茶碗は割れてなくなり
鍋は穴あき使えなくなり
だんだん母の「おもい出」はなくなり
使っていた道具はなくなる

母に誓う

ｔ・浩

母が死んで　もう十年
夢に出てくる母はいつも僕を叱っている
「しっかりしなさい」と

世の中の人は　幸せを守るために社会で戦っている
衣食住を得るために勝ち取っている

僕は生活保護をもらって安定した生活をしているが

夜になると
明日はどうなるのか　と酒でごまかしている
デイケアで楽しく過ごしたいけど
そうはいかない日もある
どうにかなるさ　と思うしかない

母さん
僕は穏やかな日々を過ごしたいと病気と戦っている
酒でごまかさずに　しっかりと　これからは生きていく

心・記憶・写真

典子

七十七歳の母が
六十年前の大学生の時を生き生きと語っていく
私の小さなころを思い出し　話してくれる

そんな母に感動する

旅行に行った私の白い桜が写った写真
あの時の私の感情

私も母と同じ年になった時
ほとばしる鮮明な気持ちを覚えている自分でありたい
思い出を綺麗に話せる人でいたい
と強く思う

母は心の中に

喜屋武

「母はもういません」
姉の手紙
前を向いて強く生きてほしい
その思いが感じられた
でも
その時泣いてしまった
兄姉たちとの確執の渦中
私には信じられるものがなかった

心の中に今でも生き続ける
母に語りかけることが
唯一支えになっていた
母はもういません
だけど
私の心には母は生きています

おやじ

嗣周

おやじが死んだ
冬の寒い日の夜の十二時前でした
おやじに頼まれて　お金を崩しに
コンビニを2～3軒訪ねて帰ってきて
離れた駐車場から家の方をみたら
明かりが点いている
いつもだと十時ごろには寝ているおやじ
一人静かに床に横たわっていた
ぼくは慌てふためいた

電気も消せずに倒れたんだ
救急に連絡し　到着を今や遅しと待っていた
明日はお袋がお世話になっている
老健施設に行けると言って
九時すぎまでヒゲを剃っていたのに……はかなきは人の命
病院で処置をしたが手遅れだった
おやじに頼まれたとは言え
外に出て行った時間が悔やまれる
おやじに怒られたり
やさしく遊んでもらったりしたのが
走馬灯のように見えていた
あんなに好きだったおやじ
もう遠い彼方へ行った

小さき者たち

M・A

7さい　5さい　2さい
それぞれにかわいい盛り

そんなあなたたちといると
私は素直に戻れるのです

いつの日か
おばあちゃんをおいて行ってしまうのかな

想像して心がしゅんとします
それではいけないね

いつでも
「どうした?」って迎えてあげられるような
おばあちゃんでいなくてはね

君の笑顔

正生

うつむき加減に生きてきた
私の心の中の曇った空
不意に私の視界に入ってきた
笑顔の妻
雲は消え光が射す
君と一緒に生きてきた
夢をみているかのように生きてきた
君は今そんなことは知らないだろう

幼子と三人で生きてきた時間
遠く離れた病の妻を想いながら
一人でほほ笑む夕日の中

逃げ道

喜屋武

逃げ道を知っていると　友人に言われた
深く考えたことはなかったが
まじめな若いころは逃げ道しらず
正面から立ち向かう負けん気で

結果　挫折にまた挫折で
とうとう病気になった

この道　あの道
私の前にいっぱいの道があって
選択肢も私の手にあったはずなのに

逃げる道も知った今
冬の陽だまりで
齢を重ねた仲間と共に過ごす幸せに浸る

選者の言葉

誰が書いても同じような詩と出会った時、私は必ず以前放送されていた「誰が作っても大体同じ味よ」と言う、ふりかけのテレビCMを思い出す。

今回サマリヤ人病院のデイケア利用者のみなさんの第三詩集を出版するにあたり、詩集に載せる詩を選ばせていただいた。みなさんの詩を読むと、誰が書いても同じような詩はほとんどなく、作者の切実な思いが伝わってくる。病気のこと、デイケアに通って良い方向に変わったこと、家族や信仰のことなど、その人だからこそ書ける詩が溢れている。会ったことのない作者のことが、詩を通して少しだけわかり親しみを感じる。

そんな作者のみなさんに夏の終わりにお会いした。明るくよく喋る方が多い印象を持った。職員の方に話を聞くと、他のプログラムではその場を離れてしまう方もいるそうだが、詩の時間はみなさん集中するのだという。自分の思いを詩で表現し、他の人に聞いてもらう、というところが良いようだ。誰だって自分の思いに耳を傾けてくれて、受け入れてもらえたら嬉しい。

好きなあるドラマで、誰かが話を始めると「続けて」と促す場面がたびたび出てきて印象に残っている。誰かの話を否定せず、まずは受け止める。自分とは違う意見もまずは聞いてみる。それが温かな人間関係、豊かな自己表現に繋がるのだと思う。

詩人　トーマ・ヒロコ

座談会　サマリヤ人病院精神科デイケア
「文芸教室」のあゆみ

ともに歩んで 時が流れた

座談会　参加者

榎本　恵《めぐみ》　特殊疾患病棟　チャプレン
城間久美子　精神科デイケア　デイナイトケア顧問
大城友美　精神科デイケア　デイナイトケア公認心理師

さまざまな葛藤を越えて

榎本 恵　『私に似た花　それはきっといい花だろう』『風が光る』に続いて、3冊目を出すことになったんですけれども、この間10年ぐらいにいろいろな出来事が病院の中でもありました。新型コロナの問題が起こったり、メンバー（利用者）さんも高齢化していくし、それから認知症の方たちも一緒になって入ってこられたという事もあった。この間、継続してきたみんなさんの文芸教室への思いはどのようなものでしょうか。

城間久美子　とにかくやっぱり長年一緒に過ごしてきたメンバーの「老い」の影響がありますね。この10年近くメンバーに「老い」が、少しずつ忍び寄ってきていて。介護的なケアにスタッフの手が取られて、一番精神科の中で必要な「話を聴くこと」や「互いに話をすること」の余裕がない。メンバーさんの話をときほぐして、本人の中でどういうことが起きているかを理解していくところ。

そしてコロナ禍。コロナで休まれている方に、生活支援として食事や薬を届けることに人手がかかって、デイケアに来ている人に十分に目を向けられずに一日が終わっていく。業務で流れていく感じでした。

文芸教室も続けてはいましたが、普段の対話が制限されているので、教室の雰囲気を生み出すのが難しい面もありました。

榎本　精神科の中では今おっしゃったように、対話というものがすごく大事なんだけれども、それができなくなったという、すごい葛藤がありましたよね。

城間　対話というツールだけでなく、いろいろな行事、例えば盆踊りやカラオケ大会のように、みんなで分かち合う喜びというものが――コロナ禍でも行事をやめることはしなかったんですけれども――かなり自粛をしました。今までできていたこと、一緒に笑顔で歌ったり、手を取って踊ったりとか、そんなことを躊躇《ちゅうちょ》してしまうようになった。その頃は関係性をどう作るかと苦しかったし、悶々としていました。

榎本 それでもコロナの間も何回か、僕は来てるんですよね、文芸教室に。それでずっと思っているんだけど、2時間半みんながその場に座って詩を書いたり、他《ほか》の人の朗読を聞いたりすることを、別に強制されてやっているわけでもなくて、そういう場があるっていうのが、本当にいつも不思議なんですよね。あの時間というのが。

城間 不思議ですよね。なぜ散っていかないのかなとか。忖度しない人たちなのに、ずっと居るのはどうしてだろうみたいな感じで（笑）。

詩を読むとたくさんの人と話したような気持ちになる

榎本 ソーシャルディスタンスの壁があったけれども、あえて詩を作って、それが読み上げられ、聞くことによって、その壁を越えるようなものを求めていたし、それができていたのかなというふうにも思うんですけれども、その辺はどう思われます？

城間　最初の頃の文芸教室は、みんな自分の気持ちを伝えたいというのが強かったと思います。自分の心に沈殿していたもの、病気に向き合ってきた自分の惑いや辛さを出したいというエネルギーがあったのかと。その詩が読みあげられると、みんな、はにかんだ笑顔をしていて、存在が認められる喜びが感じられました。

先日の文芸教室では、メンバーのＡさんが「自分は人とあまり喋れないけれども、ここでみんなの詩を読んでもらうと、たくさんの人と話したような感じがする。みんなの詩を聞いているうちに、みんなのことがわかるようになる喜びがあります」と言っていました。

榎本　コロナはやっぱり分断だったじゃないですか。孤立しているように見えているけれども、お互いの気持ちを聞き合うことで、何かやっぱり一体感みたいなものを感じたと、そう言っていましたよね。

城間　病気の症状として無関心や感情の平板化があると言われていますが、たぶん自分のこと以上に他者《ひと》への関心が本当はとても深い人たちだと思うのですよね。ただツールとしての言葉が、病気ゆえにうまく使えないでいる。

長いつきあいのスタッフは、メンバーさんの個性、独特の言葉や表現がわかっていて、「文の意味がよく伝わらないけれど、このままメンバーさんの言葉で残した方がいい」とか、「多分このことを言いたいんだろうけど、わかりにくいから、理解しやすい言葉を補足しておこう」と意識しながら詩の聞き取り、推敲をしています。普段からメンバーさんの日常の中にいるからできることです。メンバーさんと話した出来事を一緒に思い出し、気持ちを聞き、言葉を拾い出し、つなぎ合わせていく。うまくみんなに伝わるように、詩の形でまとめてきました。

でも、最近は苦しかった深い思いの表現は少なくなってきた気がしています。デイケアという居場所を中心に生活ができて、仲間もいて……

榎本　家族みたいな感じかな。

城間　そうですね……家族って、改まって自分のことは話さないじゃないですか。20年近く教室を長く続けてきた中で、みんなが詩を書いて私が読みあげることは、とても自然になってきました。安心して自分のことを聞いてもらえる場、とりとめのないことを話せる場なのだと思います。そばにいる私たちが気持ちを汲みだすというのは、少なくなってきました。

他《ほか》の人、仲間が紙に向かって懸命に書いている姿や職員が代筆しているのに刺激されて、自分も筆が走るというか。病気と関係なくても、今の自分の出来事や思いを書いていくという感じです。そして詩が披露されて拍手される。尊ばれる雰囲気を味わうと言いますか……。

中には普段と違って、他人に開示していないような話をするわけですよね。そうすると同じ体験をしてきた人たちなので、気持ちがわかるって言いますかね。自分が病気になったことや、奥深い苦しみや悲しさみたいなのが、肌身で感じるのがあるのでしょうね。普段は明るい人でも。

榎本　誰かの言葉が自分のこの深いところに——うちあたいですよね。うちあたいして、そしてまたそこから自分の言葉が生まれてくる。詩って文学だから、きれいに整っているとか、そういうところが問題になってくるとは思うんだけど、この文芸教室でやっているのは、詩を作るというよりも、自分の中にある眠っていたものが引き出されてくることに大きな意味があると思うんです。

秘めているものを求めていく大切さ

榎本　それともう一つ重要なことは職員の人の聞き取り、僕、あれがすごくいいなと思っているんです。あの作業が。「ナラティブセラピー」と言って、「物語る」ということが一つの療法として確立しているですけれども。僕たちは全然そんなことも何も知らずにやっていたんだと思うんです。職員がそばで話しかけ、聞き取りして書く。あれがすごくいい。

でもこの間、認知症で文芸教室に参加してきた人から「あんたらがやっていたあの詩は何なんだ」と怒られたことがありました。

城間 これまでは、人生の半ばで精神を病んでしまった方々、統合失調症の方を中心に文芸教室をやってきましたけど、現在は認知症の方も増えてきました。

認知症の方々は、これまで人生でいわゆる普通に生活してきた、仕事もバリバリずっとしてきた方が歳を重ねていくうちに認知症になった方々。その中のお一人が「こんな詩のどこがいいのか分からない。説明してほしい」と。

そしたら榎本先生が一生懸命説明をしたんですよね。『病棟を回ったとき、患者さんが空を見て「雲が落ちそうだから怖いんですよ』って言った。その言葉、感性に心が揺れた」っていう話をした。

でも、その方は「納得できない。それの何が、どのようにいいんですか」と聞いてくるわけですよ（笑）。騒然とした雰囲気になりましたね。

私も説明に加わって、「社会に出て広い世界で貢献してきた方々もいるけれど、一方ここの世界、病院の世界でしか生きていない方々もいて、その悲しさ～」云々という説明をしましたが、「やっぱりなんかわからんなぁ」と。そばに座って時間をかけて話をしました。

「病気になった人の中には、『役に立たない人間だから、いない方がいい。自分はこの世には必要とされていない』と感じている人がいる。そんな人々と関わる日々の中で、普段見せている顔だけでなく、秘めているものを求めていくことの大切さを痛感している」と言うと、「ああ、そういう世界のことなんだな」と何となく理解してくれたようでした。

本人は忘れていらっしゃいますが、この方も、この前の文芸教室では自分が仕事をしていた時代の思いを綴ってくれていました。

サーターアンダギーから始まった

榎本　城間さんは、デイケアの初期に、メンバーさんたちと一緒にサーターアンダーギーを揚げながらやっている時代からの経験があるわけです。人の価値が社会に役に立つか立たないかというのが基準になっている中で、そうじゃないところに価値があることを見出《みいだ》そうとしていかれた。

城間　だいぶ昔の話で精神科デイケアができた頃ですが、最初にみんな集まって、何かできることはないかって話しあった時に、メンバーさんの「外来に来ている人はみんな朝ご飯を食べていないんだよ」という発言から、「デイケアでヒラヤーチーを作って朝食代わりに販売しよう」と。

そのうちサーターアンダーギーや野菜天ぷらなどメニューが増えて各々役割が出て

きました。更に月に一度、デイケアで「結結茶屋《ゆいゆいちゃや》」という喫茶室を開催することになって。デイケアメンバーさんが一生懸命応対して、病棟から来られた方とも和気あいあいの時間を過ごし、楽しく充実した、みんな溌溂《はつらつ》とした時代でしたよ。

気づいたのは、その頃の私は、やはり普段の活動でその人の能力を引き出しているつもりでも、作業能力とか、作業中心でその人を見ていて、役に立つとか立たないとか、そんな線引きをしている時もあったかもしれないです。

でも文芸教室の中でやっていることは、社会的基準や評価ではなく、彼らの中で気づいていない辛さや眠ってしまっている感情を呼び起こし、聴く力でもって書きとめてまとめていくもので、表裏なものです。メンバーさんのつぶやきのような表現に、その人の本当の大事な部分にハッと気がつく、気づかされると言いますか……。みんなと一緒に日常を過ごしているけれど、見落としてしまっているものがある。忙しさを言い訳にして（笑）。

信頼関係があるから言葉を拾っていける

榎本　さっきの話に戻りますが、人の言葉を拾っていくナラティブというものについては、職員のみなさんはずっとやっているんですが。どうですか？　大城さんは。

大城友美　デイケアはずっとナラティブだと思います。文芸教室以外にも話を聞くみんなが自然に話すというのもあるし。それが形になっているのが、教室なのかなと私は思います。「話を聞きますよ」というスタンスで職員が日頃やっていることを、文芸教室の中でもやる。メンバーさんはそれを普段から見ているから、みんな話してくれるのかなと。

榎本　信頼関係がないと出てこないというのは、その通りだなと思うんですよね。ただパッと来て「詩を書いてください」と言っても多分「はぁ？」という感じだったと思います。やっぱり重ねていきながら、だんだん僕自身も信頼関係を結んでこれたなと思いました。でもそのベースにあるのは、教室の時間外に何をしたかだろうね、多分ね。それをいつも思っているんですよ。自分自身の仕事の上でも。

大城 自分が聞いてそれで終わりじゃなくて、言葉を書き留めて作品として形に残る。それを読みあげて、周りの仲間が聞く。二重、三重に、生まれた言葉を聞いている人がいるみたいな。誰も批判しないで聞くというのは大事かなと思っています。

城間 デイケアの活動を通して互いに冗談を言ったり、世間話をしたり、そこから発展して何気ない相談。そうした職員との関係性が、メンバーさんが気持ちを言葉にすることにつながっている。職員はよく話をしていますからね、いろいろなところで。

榎本 送迎のね、車の中でも。

城間 そうそう、だから雰囲気というか。ただ通り一遍で進めていくのではなくて、声をかける、会話をするっていうのがベースでね。いろいろな声かけや関わりがあって、活動に命が吹き込まれる。

榎本　でもそれって、他のデイケアでもやっているんですかね。

城間　精神科での関わりということでは普通に行っていることだと思います。

榎本　みんな近いんですよ。当事者と職員との関係性が近いというか。それがいいのかどうかはまた別の話ですけれどもね。

やっぱりある意味で、観察者みたいなところを持つ職員たちもいるわけじゃないですか。対「病気の人」っていうことで。他はあんまり知らないんですけれども、ここは非常に安心感があるんですよ、僕たちも。なんかカラオケ歌っている時に、ここに座っていてもいいような。

僕のイメージの中には、対象者というよりも——もちろんそういうことで成り立っているわけだけど——もう少し距離感が近いような、このサマリヤの職員と当事者の人たちの関係というのがあるかなと思ってはいます。

一個人として扱ってほしい

城間 私は病棟勤務の頃、ある精神科の先生が「関与しながらの観察」と常に言われたんですよ。関わることをしながらの観察ということを大事にしないといけないと。声かけや会話の中でもアンテナを張って、感じて、気持ちを察して関わることが、とても大事だと思います。「今日は昨日とちょっと雰囲気違うな」と感じたら、言葉を変えたり、行為や仕草を考えたりとか。でも職員各々の価値観や疲弊感がある中で、統一した対応が難しいこともありますね。

退院した患者さんはリハビリテーションとしてデイケアに通所しますが、病状や薬の管理の他、金銭や喫煙等に関する生活指導的なこと、電話がつながらない、電球を換えることができない等生活技能を補う側面、また時には福祉的な相談、介護面も含まれた対応が求められ、一人ひとり多種多様な援助を考慮していかなければ成り立たない感じです。

大城　私は「一個人として扱ってほしい」みたいな感覚を受けますね。メンバーさんには入院時代がそれぞれあって、やっぱりそれぞれって辛いみたいなんです。

城間　患者さんの時代ね。

大城　患者さんの時代は病気と向きあわないといけない。でも今は退院して、地域で生活しているひとりの人間。「病気の部分だけ見ないでほしい」みたいな感じが私はしています。だから一人ひとりを大事にしている職員たちの雰囲気なのかなと。

年を重ねてようやくわかること

城間 一人ひとりの個性を肯定していく雰囲気がデイケアにはありますが、私はその時代その時の自分は、一生懸命に言葉や行為を駆使して、相手の病状が悪い時でも、その思いというのをわかっているつもりでした。

その時は一生懸命ではあったけれども、相手を傷つけてしまうこともあったのでは、と思ったりするのですね。

デイケアに通所していたTさんは怠薬で症状が悪化していて、他のメンバーさんも職員も振り回されて、困り果てていました。でも彼はやっぱり絶対に入院はしたくないし、自分の病気が悪化しているっていうことを頑なに認めず、「今すごく自分は調子がいいのに、みんなはそれを良いとは言わない、自分を変だというところでしか見ていない」という気持ちで抵抗していたんですね。

いつもはTさんひとりで診察を受けるけど、そのときは私も同席しました。Tさんは主治医には取り繕って「症状の悪化はない」と返答していました。ところが、普段関わりのある私との会話の中の言葉で大きく反応して、饒舌となり不穏な部分が露呈されました。それをみた主治医は薬を追加して様子をみようということになりました。診察後、Tさんは私のところに来て、「（幻聴で）城間さんの声で『入院させる』って聞こえてきた。入院はしない！」と言ってものを投げつけようとしたのを、みんなで止めたことがありました。

私は職員やメンバーさんが彼の言動に我慢していることが続いているので、診察に同席して先生に彼の調子の悪さが露呈されるよう誘導しました。

でも今、それは彼の信頼を利用したことなのかもと申し訳なく思うのですね。デイケアは病気とどう付き合っていくか、コントロールしていくかを学ぶ場でもあります。調子の悪さを本人が認められないときは、やはり医療者として対面する必要があり、Tさんに対してもその結果なのだと自分では納得していたつもりでした。しかし、時間はかかるかもしれないけれども、一方的に調子の悪さを突きつけるのではなく、普段から患者さんとしてだけでなく人としても関わっている彼の話をもっと聞いて、会話をして、納得できるところをもっと探る努力をするべきだったかなと思いますね。理想としては、かもしれませんが。

普段から関わる私の言葉で刺激を受けて、取り繕えずに症状を露呈してしまって、入院を示唆することを言われたのが、すごいショックだったんでしょうね。状態悪いのが続くと入院になるというのは体験している。入院になる恐怖が幻聴に表れて、私にものを投げつける行為に走らせたと思います。

入院して退院した後、Tさんは他の病院のデイケアへ移りました。偶然見かけた時にはだいぶ落ち着いていて、「城間さん、ごめんね」と謝ってきたので、状態が安定して良かったとホッとしましたが。

Tさんとは弟の入院相談を受けたり、いろいろと関わってきましたが、彼の状態の変化に、病気の難しさや人の心の複雑さを知ったものです。長年きちんと服薬しながら生活をしていても、怠薬等をきっかけに自分の症状が悪くなると、自身がコントロールできないという……生きていて疲れる、病に振り回される大変さがわかってくるというのかな。安定していても、いつ崩れるのか……。

先日の文芸教室で、20年前にIさんが書いた「50になった。おめでとうと言おう。何でおめでとうと言うのかわからないけれども、それでも新しい年おめでとうと言おう」という詩をみんなの前で読みました。病気もあるし、いろいろな可能性が閉ざされたこともあるけれども、あえておめでとうと言う意思。

Iさんは癲癇《てんかん》という病と統合失調症で、若い時は何回も入院もしている。家族との葛藤とかいろいろなことがあったけれど、50歳まで人生を歩んでこれた。それでも不安は募る。だから彼は、自分の病の部分にだけ捉われず、あえておめでとうと言ってこれからの自分を鼓舞している。生きてこれた感謝と生きていく勇気も感じます。

そんな気持ちは、私も年を重ねてようやく手に取るようにわかってきたことです。

詩を書くこと、詩集を出すことの葛藤

榎本　本当に諦めずにですよね。だって詩を書いたために病気が再発して、入院しないといけないようになったこともある。詩を書くのがプレッシャーになることもありましたね。

城間　それは最初の頃ですね。自分の病のことをこんなに吐露するというのは、あんまりないので、なんかみんなの前で心の中を開《ひら》きすぎたといいますか。心理教育など、そういう狭いグループの中で自分の病気について話をするっていうのはあるんですけれども。

詩集ができあがる時期に作者名をイニシャルや姓で、という話になった際、たとえば「城間」と載っているだけでは世間には絶対わからないはずなのに、過敏ゆえに「絶対自分だとばれる。もう世間に私が病気と知られてしまう」と極端に捉えていくわけですよ。だから作者のイニシャルやサマリヤ人病院という名称をどうするかと。意見が分かれてみんな沈黙する中で、一人が「病院名も出さない。イニシャルも出さない。

何のために詩集を出すのか？　それなら、はじめから詩集も作らなければ良い」という発言もありました。

同じメンバーさん同士なので、その言葉にみんな、「隠れて暮らすことはない」という詩集づくりのコンセプトを思い起こしたようでした。


榎本　（文芸教室では）毎回テーマを出すんです。でもそのテーマなんか全然関係ないんですよ、彼らには。僕たちが「平和のことを話し合いましょう」なんて言って題材出しても、全然違うことになる。

何が違うのかと言ったら、やっぱり自分の経験なんですよ。自分の体験や、自分の家族のことや、それが語られてくる。

テーマを決めて、それについて論文を書くような詩ではないんですよね、ここの詩は。自分の体験と経験。それが非常に心に響いてくる。

病気の吐露から家族への思いへと変わる

城間 そうですね～。先日Nさんが言っていましたよね。「自分の病気が重い時の方が詩が上手だった」って（笑）。

「綱渡り」という作品ですね。病気になった自分を『綱渡りをしている』と表現し、ゆらゆら揺れて落っこちてしまいそうと。すごい感性だと思いました。

主治医からは、今まで2～3か月おきに入院していると聞いていましたが、デイケアに来て、朗読や手話ダンスのメンバーとなり所属感が出てきたことが幸いしたのか、入院しなくなってきました。

幻聴もあるし、妄想もあるし、大変なのですが、詩を書いたり、作品を創《つく》ったり、創ったものを認めてもらったり、そういうことが好きで。Nさんの好きなもの、得意なものをね、披露してみんなにわかってもらい、認めてもらう。ヨガも好きで、時折いきなり180度開脚やブリッジをしているので、驚いて「なぜ今、突然に」と声をかけると、「幻聴を抑えたりできるから」と話していました。彼女なりに生み出した幻聴への対処方法だったのですね。

誰も見ていないところで一人でヨガをしていると奇異に見えるけれど、看護学校の朗読会に行って、本人の得意なこと「ヨガの開脚・ブリッジ」と学生さんに紹介して披露すると、「え～」「すごい！」「お～！」と学生さんから大きな拍手をもらえる。

榎本　今は詩が下手になっている。「綱渡り」のような非常に文学的な表現の仕方とは全然違う。おじさんがどうしたとか、おばさんがどうしたとか、いとこの子どもがどうしたとかって、家族のことを書くんです。本人は、なにか幻聴が聞こえているのか、全然関係ないテーマでも、それをずっと書きつづけるんです。ここ何回かずっとそうですよね。

城間　病気に対する不安、不信、辛さの吐露みたいなのがあったのが、だいぶ安定してきましたよね。幻聴があってうまく文章が書けなくても、現実にあったことや自分の思いを主張するようになってきた感じです。病気の自分ではなくて、家族や親族への思いが、今の文体の中にあるような感じがしますね。

榎本　明らかに変わっていますよね。

城間　幻聴がひどくて、幻聴に操られた突飛な言動はあるけれど、文芸教室の中で作品を読まれて、みんなが拍手を送ることで、Ｎさんが「幻聴の人」ではなく一個人として肯定されて、デイケアのみんなに許されてとどまっている。

大城　突飛さがひどくなければいい。

城間　メンバーさんは自分も同じような病気でもあるから、彼女の奇異な言動がひどい時にはそこから去るし、「あの人ひどいよ、おかしいよ。何とかして」と伝えに来たり。でも排除していくということではなく、理解して包み込んでいる空気感がありますね。

心の中でポッと表現欲がともる

榎本　文芸教室、その2時間半は、みんなじっと聞いているんですよ。本当にたわいもないような詩というか、言葉の羅列があるものとかも含めて。あれは本当にちょっとすごいなと思う。2時間半、映画一本上演の時間と同じくらいの間《あいだ》。でも彼らにとっては、きっと映画を見ているくらいおもしろいと思うんですよね。

城間　他の時間とは、違いますね、やっぱり。

この間、Kさんの詩は「○○先生の新聞記事を見た。初めての診察のとき自分がやったことを思い出した。その時も今も何にも変わらない感じがする。時間が経っているけれど自分は変わっていないよ。それでもね……これからはあの頃と違って誠実に生きていきたい。誠実に生きたいって思っているけれど、今自分がどうなっているか……自分がわからない」というものでした。その詩を読んでいる時に、泣き出したんですよ。

榎本 泣いてましたよね。

城間 作業能力が高いので、B型就労にも行っていて、文芸教室には初めての参加でした。泣き出して「ここにいてこんなふうに聞いていると、いっぱい思い出してくるから、もう泣いてしまうんだよね。何で自分が病気になったのかもわからないしね～、どういう病気なのかもあんまりわかっていないわけさぁ……自分自身をどういうふうに考えたらいいのかもわからないわけよ～」と。

作品を書いたり聞いたりするのは、改めて内面をみつめる、自分の気持ちを探る時間になるのだと思いましたね。

「今度朗読会をするけど、Kさん一緒にどうですか？」との誘いに応じてくれました。そんな風に、作品や仲間と一緒の朗読は、彼の存在や価値が認められる一つになるかと思います。

たぶん文芸教室は、他の人が言葉を使って表現していることに自分が刺激を受けて、忘れていたことを思い出して、心の中でポッと表現欲がともる役目もありますかね。

詩を書かないメンバーさんも多いのですが、自分が何か抱えていても気づかず、話すことにつながらなくても、気持ちのよい風や自然の緑、様々な人との関係は病気であることを忘れていく面もあるのかもしれません。

榎本　劇的なことはないんですよ。本当に淡々としたものなんだけど、でもそれが彼らの琴線に触れたときに、涙があふれるような事態が起こってくる。僕たちはいつも作為的に劇的なものを提供してもらいたいとアプローチしようとするけど、それを超えた思いもよらないものを、いつも見せてもらっている。驚きですよね。

長く続けることが大切

榎本 本当に長い間、城間さんはやっていらっしゃる。精神科デイケアのエキスパートであるんだけど、振り返ってみられて、自分自身にとって、このデイケアの働きが、自分の生活とか自分の経験の中に大きな影響を及ぼしたとしたら、どんなことがありますかね。

城間 思いの深さといいますか……。私たちはいろいろなことを回避しながら、人と関わり、安全な距離でいる。みんな自分なりに処理して、他人と関われている。けれども、メンバーさんたちとの関わりというのは、そんな避けているところを求めてくる。むき出しと言いますか、迷惑をかけないようにではなく、迷惑千万のようなことを正直にぶつけて救いを求めてくる。彼ら自身で処理ができないところへ誠実に応えていけるのかを常に試されている。支援者として、人として、自分自身を奥深く見つめざるを得ない。

毎日が葛藤です。時として弱い自分がおぼれそうになりますよ。人同士というものの原型は、もしかしたらそんなものなのかなと思います。

榎本　こうした城間さんの経験したこと、やってきたことを次の世代に受け継いでいってもらいたいと僕たちは思うんですよ。これマニュアル化できるもんではないじゃないですか。城間さんの気持ちとか、思いっていうのを、どうやって次の世代に伝えていくのか。

キーワードがあるんじゃないかなと思っています。すごいベタな言い方なんだけど、僕はそれは「愛」だと思っているんですよ。城間さんみたいに誰が次になれるのかわからないけれども、引き継いでいくうえで何か城間さんから導き出したいものがあるとしたら、「家族を愛するように一人ひとりを愛する」、そんな感じではないかと思ったりもしたんですけどね。どうでしょう。

城間　そのためには、長くずっと一緒にいることだと、私は思うんですよね。私はたまたま人事異動がなくて、ずっとここにいるのですよ。物理的に関わった歳月と経験。その上で彼らがどういうことを求めているのか。言葉をかけ、会話を重ねていくこと、その人へのまなざしをもつこと。寄り添うこととはそんなことなのかと思います。

感情鈍麻《かんじょうどんま》という症状の中にあるメンバーさんから笑顔やたどたどしい言葉を引き出すこと。子どものような純粋な無邪気な言動に心から面白さや意味を見出す努力。表面の奇異さや言葉尻を勘違いせずに、自ら話しかけて理解するのを逃げないこと。そんなことを続けてきました。

そして、関わったメンバーさんからのいろいろな言葉や反応の意味を考える。考えたことをまた関わりの中で実践していく。困っていることに真摯に向き合う。その積み重ねが長く、深くなって、ぶつかったり、泣いたり、諦めたりと、互いに曝《さら》け出され る場面が多く出てきました。メンバーさんと一緒に行動して悩んで考えて、叱ってはともに悩み、ともに喜ぶといった感情の交流。知識を一旦おいて、相手と心を通わせ、彼らの求めていることに応えようとしていくことは、榎本先生のおっしゃる「家族を愛するように一人ひとりを愛する」ということかもしれませんね。

理不尽なことが起きる現場では、理屈を離れて人としての気持ちを際立たせる場面が多々あります。自身の内面をみつめると、悲しさや哀感、そして慈しむ心を育まなければ、到底人の役に立つことにならないと、気づきが深まりました。

以前大城さんの言葉にハッとしたことがありました。あるメンバーさんとの長い関係の中で私がネガティブになって感情的になっているときがありました。その気持ちを話すと、ネガティブな感情を理解しながらも、「でも、今のままではかわいそうですよね」と言ったのです。心理師という側面を持ちながらも人としての気持ち、素直に「かわいそう」というのを聞いたとき、ともに長くその方と関わるから、双方の気持ちがわかり、生まれる感情だと思いました。長くなじんだ関係に、素朴な人の心が生まれるというのか、それが自然なのだと考え、信じたいです。

メンバーのIさんは入職した職員に「長く勤めてね、お願いね」と声をかけるのですよ。「1、2年でやめないでね。長くいてほしい」って。その言葉に凝縮されているのは、良い時も悪い時もともに過ごして自分たちを理解してほしいとの思いです。病というだけで追いやられてしまい、断片で捉えられてしまう彼らを理解して、寄り添い、触れ合っていくには、やはり、長い年月が必要であるということかもしれません。

榎本 「続ける」っていう。だから今、続けてごらんということだと思いますね。

詩集　んなするてぃ かじぬいくとぅば
みんな揃って 風の言葉

2024 年 11 月 30 日　　初版第一刷

編　著　　心の風ふく丘 文芸委員会
（嬉野が丘サマリヤ人病院精神科デイケア）

発行者　　池宮　紀子

発行所　　（有）ボーダーインク
〒 902-0076 沖縄県那覇市与儀 226-3
tel098-835-2777　fax098-835-2840

印　刷　　株式会社 東洋企画印刷

 ISBN978-4-89982-476-3

普通の人ではわかりえなかった
本当の人間の心

病まなければ
出会えなかったやさしさ

僕は今　病があっても
人間なんだと思う